KB053388

오늘이 기록 중입니다

오늘이 기록 중입니다

장용자 디카시집

디카詩 시인선 002

북인

비가 내리고 밤 사이 잎이 떠난 감나무에
홍등이 가득합니다
어제 대청호의 가을이 노랗게 붉어
톡톡 누른 사진을 보는 아침

오늘은 분수 대신 빗방울이 바닥을 치며
늦지 않게 헤어지라고
또 하나의 프레임을 감기 시작해요
봄밤과 연들과 노을까지

빗방울이 점점 거세집니다
돌아보고 만지고 싶은 것들이 손을 흔들어요
이제
한 뼘의 손거울을 들여다보며 화장을 고쳐야겠습니다
저, 화엄사 홍매처럼요

2021년 11월

차례

2부

3부

4부

1부

포세이돈을 보았다

파란 신비의 상징

대자연의 경이를 낳는 바다의 신

적도의 길목을 지키는 저 맹렬한 신앙

이별이 머무는 시간

초록 바다에 붉은 등 달았더니
달뜬 얼굴 더욱 짙어 눈부시다

오래도록 닿지 못할 안타까움
하늘을 향한 까치발로도 모자라
허공을 차는 그리움 되었다

촉촉한 나라

태양과 월광으로 집을 짓고
바람과 구름과 비가 살아요
골짜기 가득한 역사 촉으로 세워
눈 뜨게 하는 새 날입니다

조간

바다를 달려온 소문은 날선 비늘을
바위에 부딪고 나서야 잠잠해졌다
사건은 영문도 모른 채 대문에 걸리고
줄 선 가십으로 아침이 차려진다

엄마의 반짇고리

아껴둔 솜이불 펼치다가

한 움큼 여름을 깁다

섬

품을 넓혀도 가지가 될 수 없다
발돋움해도 올라갈 수 없다

나무 한 둥치에도
무인도가 있었다

자화상 1

한낮을 달려와
어둠을 밟고 나서야

둥근 얼굴 되었다

뻐꾸기 운다

그녀가 입을 벌리자
새빨간 말이 쏟아졌다

빛의 그림자에 갇힌 배부른 오독

수다방

나는 모닝
아침을 달렸지
난 트럭
삶의 희로애락을 날랐어

멈춰선 리그전이 허공에 한창이다

신화

밤새 안개 바람 스치더니
초록으로 피는 아침

봄밤은 짧지 않았다

뒷담 화

하수에 피어오른 꽃의 다큐멘터리

오늘 최고작으로 낙점되었다

붓의 전쟁

골짜기마다 울울창창 아득한 내력

목울대 치밀며 울어주는 곡비였다가

일필휘지의 죽창으로 전해주는 웅혼의 노래

벽에 기대어

가까이 오지 마시길
스쳐도 미끄러우니까요
차가운 말 걸지 마시길
가슴은 이미 얼음장이니까요

겨울이 조금 길어집니다

90번 엄마

살아낸 이야기 쏟아지는 곳
더러는 희미하게 더러는 또렷이

번호표의 순서가 다가온다

99.9

태양의 얼굴, 바람 기다림 조금

무장무장 단단해진 속살의 정렬

빙점으로 판독한 유쾌한 질서

2부

파발마

서둘러 남쪽 소식 이고 온 바람
아지랑이 피어오른 남간정사 건너

화들짝,
봄 들어온다

시조새

빛나는 결기로

그렇게 날아가보자

백 년의 3월을 안고 가는 새

단상

층층이 쌓인 신의 통로
수미산을 향한 왕의 길이었다

수면 위로 다시 만난 앙코르와트

화엄사 홍매

삼백 년을 지나도 붉게 피는 사연

오호라, 홍매는
각황전을 기웃거린다

8월 소묘

구드래나루 건너 붉은 낙화암
종소리에 목 빼는 고란초 약수
유구한 역사 물길로 읽는

금강 한 줄기

최후의 날

나무에서 돌이 된 우주와 탱주
백제의 고도 탑신에 깃들고

금당터 붉은 소토는
그렁그렁한 사비의 그날

무궁화 피었다

요양원 유리창으로
어린 아들이 왔다
잊고 산 적 없어 늙지도 않는

해마다
꽃으로 잦아드는 유월의 몽유

삼충사 가는 길

역사를 지키는 푸른 노동

만종*이 어스름하다

*밀레의 그림.

인생 2막
— 두지리 밭들길

영구결번의 영예를 얻었다

돌아도 흐르지 않을 것이다

돌지 않아도 흘러갈 것이다

동백섬 연가

기다림은 붉은 꽃 떨군 자리에
조용히 앉아보는 일 서보는 일
속으로 우는 나무를 말없이 바라보는 일

한세상 살아가는 일 동백꽃 피워내는 일

고래 승천기

염천의 바다를 뛰쳐나온 오체투지
마른 눈으로 숨을 고르자
다시 망망대해

일상이 복사기의 전원을 꽂고 있다

하늘공원

오늘의 태양은 뜨거웠나요

낮의 프레임이 감기는 시간

저마다 읽어낸 오늘이 기록 중입니다

봄바람

어슷한 빗장 사이
가느다란 몸 흔적도 없이 사라졌다

햇살 가르는 소리 풍경으로 남아
내내 서성이는 그대

사랑, 깊이에 대하여

가슴에 품고 익어
무시로 선명한 일편단심

피고 지고 또 피어 무궁한 당신

잇다

끝없이 다가와 사라지는 하프의 줄이다

온갖 곡조 담아낸 바다의 노래를 달려
그렇게 항구 도시를 기억한다

비대면

담장은 허물었어요
삼선리 들꽃마당은 덤이랍니다
마주한 사연은 구름에 재우고

차 한 잔 하시겠어요?

3부

뉴스 시간

촘촘히 가둔 방마다 프레임아웃
동부전선에 이상이 감지되었다
물방울조차 담지 않을 작정이지만
검은 바이러스 격자로 흔들 때마다
화면의 지구본이 물들고 있다

초심

뜨겁던 밤을 태우며 사라지는 것
미리 손 모아 눈 감는 것
통한의 바다, 고공의 메아리로
사라지며 떨구는 이슬방울들

무제

겨울을 지나는 바람의 묵상

뱃속의 바다를 통째 털리고
매달린 삶의 내력은 여전하다

동네 한 바퀴

꼬리로 인사하는 수선소의 아침

빈 걸이는 다시 지은 노래로 채워요

시간을 거슬러 일어서는 당신의 옷

보금자리 홍보영상

수천수만 번을 날아올린 꿈의 궁전
최신 최고 최적의 기치 아래
선주문 분양공고
발 빠른 입주가 시작되었다

새집증후군

이사 후 CCTV를 설치하지 않았다
귀가할 집 주위가 포위되었다

새들은, 아직
돌아오지 않았다

4월
— 나를 잊지 마세요

봄 햇살에 밀어올린
초록의 함성이 자자하다
찰나,
어린 목 꺾는 발걸음 분주하고
천지에 비명 가득하다

프롤로그

그녀의 연기는 촘촘한 대본 익히기

커튼이 열리면
황금빛 드라마가 시작된다

리허설 없이 펼칠 한 번의 무대

도시 연대기

올려다보는 것과 내려다보는 것

삶이 유영하는 바다는 오늘도

포식 중

풍경 1

작렬한 태양의 위세에
그 생은 짧기만 하오
접히지 않는 손끝 거기 조국이 있네

여름의 한낮, 그늘이 필요할 때

도서관 풍경

선택받지 못한 책들의 함성

차라리, BTS
방탄이여 영 원 하 라

2021 접속

풀지 못한 코드19에 매달린 채
난타전이 아우성이다

서로의 하늘에 거미줄을 치고
쏘아올린 비행접시만 흐드러진다

원도심

네모를 쌓아 닿으려는 신의 경지인가

욕망은 경계를 지나
주머니 속 번호표를 만지작거리고
뉴스는 벌써 상한가를 예고한다

쉿!

초여름 햇살 잠시 세워두었다

널찍이 자리한 한낮의
꿈

사회관계망서비스

걸어온 이야기 고스란한 오래된 습관
이름을 감추어도 누리꾼은 턱 밑

실루엣은 지워지지 않아
기자회견이 도래했다

화주 개장

붙박은 꽃술이 달디 달아
꼬리뼈를 들켜도 멈출 수 없답니다
부풀린 꽃 고물을 부둥켜안고
오늘의 기대주에 이름을 겁니다

4부

노을에 부쳐

빠져나 볼 걸

선홍빛 얼굴을 들켜
실눈으로 보낸 너는
내일로 갔다

커밍아웃

그들은 아흔아홉 칸 울타리를 치고
낯선 얼굴을 향해 눈총을 겨눈다

행운이라는 이름으로 내게 온 날
출생의 비밀은 풀지 않기로 했다

나만의 기도

차마 가늠하지 못해
화각을 조정한다

속이 시커멓다

꽃멀미

그해 봄
낮은 구름의 시간
조립한 언어들을 송고한다

훔친 사연에 벙그러진 봄날
와초재 소식통이 분주하다

수중잠

산이 물 위에 누웠다

강은 제 몸 비우고 품어안는다

텔레파시

파도 따라 흐르는 내 노래 들어줄래?

멀리 수평선에 날갯짓을 보낼게

가끔은 철썩, 기별이 닿기를 바라

독백

무수한 가지를 이고도
지팡이가 없구나
겹겹이 쌓은 저 울퉁불퉁
추억이 무너지고 풍경이 바뀌어도
아침인 듯 건네는 인사

너도 꽃

뿌리는 잃은 지 오래다
마른 몸 바람에도 구겨지지 않았다

색으로 다시 핀

고백

울타리 없는 시선에
그만

붉어지고 말았다

유월 서원

푸른 산 들녘 맞닿은 곳
눈물의 다뉴브를 건너 이제
돌아오라고

하늘 향해 문을 달았다

하늘이 떨어졌다

꿈인가 생시인가

놀란 개망초의 파안대소

카오스의 시간

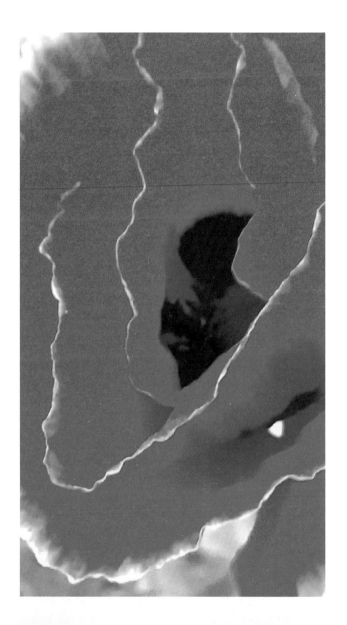

헤어나올 수 없는 신비의 방

몇 겹 치마폭이 흔들리면

세상의 벌 우수수 떨어진다

안부

행여 가는 길 멀다면
잠시 앉아보렴

아직 피지 않은 꽃들에게
질끈, 눈 감는 오후

자화상 2

나도 그럴 때 있었다

가만히 건네는 주름의 대화

엄마 닮은 꽃, 꽃 같은 엄마

햇살론

성근 해를 빌린 금빛 식탁
이른 손님 하나 어슬렁거리네

꿈은 벌써
흐뭇하다

접속에서 신화까지 종횡무진 상상력

최광임/ 시인,『디카시』주간

인류의 발명품 중 혁명을 수반했던 것을 꼽는다면 전기, 금속활자, 비행기, 전화, 페니실린, TV, 컴퓨터 등일 것이며, 근자의 인공지능을 들 수 있다. 모든 문화 예술은 당대의 변화에 영향을 받는다. 우리 삶의 변화만 추동한 것이 아니라 예술의 형식도 변해왔다는 말이다.

문학이, 시가 문자로 이루어진 예술이라는 인식은 구텐베르크의 금속활자 발명 이후부터이다. 그러나 시의 연원은 인류의 역사와 함께하는 것으로, 음악도 시였으며, 춤도 시였고, 그림도 시였다는 점을 상기할 때, 문자 문학만을 고수하는 일은 고정관념에 해당한다.

디카시는 디지털 전자매체시대에 수반된 것으로 문자 중심의 문학을 넘어 멀티언어 영역으로 확장한 시대적 산물이다.

장용자 시인은 미디어를 활용하는 감각이 좋아 참신한 주제의 디카시로 변주해내는가 하면, 영상(사진)과

문자의 융합에 재기가 번득인다. 자연 사물을 통한 직관적 사유가 돋보일 뿐 아니라, 영상과 문자의 통합적 상상력이 활달하다. 시적 시선이 미시적인 것에 머물지 않고 과감한가 하면, 은근한 유머 감각을 드러내기도 한다. 사물을 통한 시인의 사유 방식은 디지털 매체시대의 용어라 할 수 있는 '접속'에서부터 인류의 기원인 '신화'를 담아낼 만큼 광범위하다.

1.

디카시 쓰기에 어느 정도 친숙해지고 나면 하나의 흥미로운 습관이 생긴다. 사물에 관한 관찰력이다. 일상에서 만나는 사사로운 사물도 유의미하여 시적 정서를 자극한다. 디카시 창작 방식의 기본은 사물이 품고 있는 언어를 시인이 받아적는 것으로 규정한다. 그럼에도 사물과 시인의 정서가 만났을 때 탄생하는 디카시는 창작의 실제에 있어서 시인의 작법에 따라 약간씩 다르게 나타나기도 한다. 가령, 시인이 언어를 품고 있는 사물을 만날 때도 있는가 하면, 시인의 정서가 사물을 만남과 동시에 언어를 배태하기도 한다. 기실 이 과정은 동시다발적으로 일어난다고 보아야 마땅하다. 직관의 힘이 작동하는 것이라고 말할 수 있다.

바다를 달려온 소문은 날선 비늘을
바위에 부딪고 나서야 잠잠해졌다
사건은 영문도 모른 채 대문에 걸리고
줄 선 가십으로 아침이 차려진다

—「조간」전문

　밀려온 파도가 바위에 부서질 때 휩쓸려온 생명체는 커다란 고통을 겪어내야만 한다. 시인은 그 상황을 아침 뉴스에 비유했다. 조간潮間은 만조 때의 해안선과 간조 때의 해안선 사이의 부분을 말하는 것으로, 만조(밀물)에는 바닷물의 수위가 높아지고 간조(썰물)에는 낮아진다. 이때 생물에게는 거칠고 혹독한 환경이 된다. 이 상황이 시인의 직관을 통하여 조간朝刊으로 재현된다. 아침이 '영문도 모른 채' 생긴 사건 소식에 떠들썩하게 된 것이다.

　험준한 바위 사이에 하얗게 부서지는 파도는 시끌벅적하고 어수선한 아침 분위기와 오버랩된다. 파도에서 사건 기사를 읽어내는 직관적 재치가 낯선 듯 강렬한 시적 의미를 형성하고 있다.

그녀가 입을 벌리자
새빨간 말이 쏟아졌다

빛의 그림자에 갇힌 배부른 오독
　　　　　　　―「뻐꾸기 운다」전문

　매체의 변화는 우리의 삶을 전혀 다른 방향으로 전환
한다. 예를 들어, 인간은 전기를 발명한 후부터 공간과
시간에 대한 경험이 완전히 바뀌었다. 부산을 도착지로
하는 서울발 KTX는 공간을 압축하고 시간을 단축한다.
사람들은 교통수단 선택에 따라 도착 시간이 달라지고
계획한 일의 득실 문제가 발생하게 된다. 미디어의 변
화 또한 사용자의 일상 삶에 득실의 문제나 진실이냐
허구냐, 라고 하는 문제를 낳게 마련이다.
　붉은 석류에 비유된 '그녀'는 거짓을 전하는 매체이다.
대중의 스포트라이트를 받는 위치에서 있는 그녀는 입
만 열면 "새빨간 말"을 쏟아낸다. 자만에 넘쳐 "배부른
오독"에서 나오는 새빨간 거짓말을 그대로 쏟아내는 것
이다. 보편적으로 우리는 거짓을 '시커멓다'라거나 '새
빨갛다'라고 의미화한다. 영상의 새빨간 석류에서 시에
언급되지는 않았지만 새빨간 입술로, 다시 새빨간 거짓
말로 유추해낸다. 또한 벌어진 붉은 석류를 뻐꾸기가
우는 모습과 등치한다. 절묘하다.

뻐꾸기의 탁란은 한정된 시간에서 종족 번식을 위한 것으로 필연적으로 삶 자체가 절박할 수밖에 없다. 뻐꾸기의 울음이 호방한 듯하지만, 실상인즉 뱁새 둥지에서 자라고 있는 뻐꾸기 새끼의 주변을 배회하며 우는 갈급함의 표현이다. 그러함에도 인간 삶의 문법으로 보자면 뻐꾸기는 삶 전체가 비윤리적이며 거짓투성이다.

그녀의 상황이야 어찌 되었든 석류 이미지를 차용하고 타자를 향해 "새빨간 말을 쏟아"내는 거짓 정열의 그녀와 생존 방식이 위선적인 뻐꾸기와 통합한 재기가 돋보인다.

나는 모닝
아침을 달렸지
난 트럭
삶의 희노애락을 날랐어

멈춰선 리그전이 허공에 한창이다
—「수다방」전문

사물 안에 문장이 있다. 디카시는 그 사물이 품고 있는 언어를 탐독하고 시인의 직관적인 언어로 언술하는 것이다. 영상은 지붕을 덮은 방수포가 날아가지 않도록 폐타이어로 눌러놓은 풍경이다. 크고 작은 폐타이어에

그려진 그림은 우중충한 지붕을 환기할 뿐 아니라, 쓸
모를 다한 사물의 누추함을 상쇄시킨다. 경쾌한 분위기
를 조성하는 타이어의 붉고 큰 꽃그림과 "삶의 희노애
락"을 몸에 담은 사물들의 대화체가 결코 눅진하지 않
는 이유는 "수다방"이라는 유쾌한 제목이 축을 이루고
있기 때문이다.

하수에 피어오른 꽃의 다큐멘터리

오늘 최고작으로 낙점되었다

—「뒷담 화」전문

　디카시의 재기발랄함은 사물을 보는 관점에서 시작
하여 묘사와 구체적 진술문장과 제목의 통합이 어떤
아우라를 만드는가에 달려있다. 「뒷담 화」는 소변기를
'샘'으로 재탄생시킨 마르셀 뒤샹의 창의적 발상과 같
은 맥락이라고 할 수 있다. 발상의 전환이다. 흉물스러
웠을 소변기가 꽃을 키우는 생명의 성소로 탈바꿈하였
다. 뒤샹의 발상에서 한 단계 나아갔다. 꽃이 아닌 소
변기를 오브제로 삼았다면 이 디카시의 참신함은 사라
졌을 것이다. 뒤샹의 새로움은 당대에 가능한 것이었
다. 「뒷담 화」가 낡은 비유, 죽은 비유에 그치고 말았을
확률이 높다.

다큐멘터리는 실제로 있었던 어떤 사건을 사실적으로 담은 영상물이나 기록물을 말한다. 현실 세계에 내재하는 '진실'을 탐구하려는 의무와 함께 시각적으로 보이는 외형적인 것 외에도 인간의 내면을 보여주는 것이다. "하수"는 현실의 적나라한 외형이다. 열악한 환경에서 생명이 만화방창하도록 일궈냈을 삶의 이면을 "다큐멘터리"라고 하는 하나의 단어로 명명하였다. 그 명명에는 꽃이 하수에서 살아오는 동안 겪었을 생의 많은 부침을 내포하고 있다.

제목 '뒷담 화'는 '뒷담에 피어 있는 꽃'을 의미하지만, 다큐멘터리에 기록된 꽃의 내적 삶에 대한 시청자의 뒷이야기라는 의미로 풀어볼 수 있다. 언어 운용의 묘미가 돋보이는 작품이다.

태양과 월광으로 집을 짓고
바람과 구름과 비가 살아요
골짜기 가득한 역사 측으로 세워
눈 뜨게 하는 새 날입니다

—「촉촉한 나라」전문

마샬 맥루한은 인쇄 문자의 발명이 시각 중심의 사회를 구성하게 될 것이라고 우려했다. 인간의 다섯 가지 감각 중 시각의 패권화를 경계한 것이다. 원시시대의 인간은 오감의 조화를 이뤄 감각의 균형을 유지할 수 있었다.

디지털 전자매체의 발달은 인간의 시각화를 가속시켰고 사람들은 더 이상 생각하기를 즐기지 않게 되었다. 시각은 인간의 욕망을 부추긴다. 욕망하는 사람들은 개인의 욕망이 추동하는 것만 보게 되는 편협에 빠지고 사회는 불평등하게 되었다. 매체의 역기능이 만든 사회의 일그러진 세태인 셈이다.

이때 디카시의 사물은 보이는 것 너머의 언어를 담고 있다. 어디까지나 시인의 역량에 따라 그 언어를 불러올 수 있는 것이겠으나, 우선 시인에게는 보이는 것 그대로를 충실히 보는 습관이 선행된다. 그 다음 보이는 것의 이면이나 사물의 보이지 않는 본질에 천착하는 과정을 수행한다.

하동 북천의 이병주문학관 전경에서 시인은 한 나라를 본다. 펜으로 세운 나라이다. 보이지 않는 해와 달을 목수로 내세운다. 오늘의 국민은 바람과 구름과 비이다. '촉촉'하게 비 내리는 문학관의 뒷산에는 무수한 사연을 품은 선자들의 묘가 있다. 공동묘지이다. 그곳에 살다 간 사람들의 집이자 나라이다. 이병주 대하소설 『지리산』의 공간이자 작가의 유년기적 장소이다.

"일제 말기로부터 광복과 한국전쟁으로 이어지는 우리나라 현대사의 격동기를 배경"으로 한 소설이 『지리

산』이다. 그 지리산 자락에 현상적으로는 비가 내리고 보이는 것 너머로는 '펜촉'으로 살려낸 "새 날"이 "축축한 나라"이다.

2.

끝없이 다가와 사라지는 하프의 줄이다　울타리 없는 시선에

　　　　　　　　　　　　　　　　그만

온갖 곡조 담아낸 바다의 노래를 달려

그렇게 항구 도시를 기억한다　　　　붉어지고 말았다

　　　　　　—「잇다」전문　　　　　　　　　—「고백」전문

　발터 벤야민은 『일방통행로』에서 읽기 행위가 이미지적·단속적·충격적·촉각적 성격을 띠게 되면서 인쇄된 책은 낡은 형식이 됨으로써 구텐베르크 시대는 종말을 맞게 될 것이라고 언급하였다. 당연히 매체 기술의 급속한 발달에 말미암은 것이다.

　창작자의 작품 구상에 대한 영감, 열정, 노력, 고뇌, 정서적 관심, 집념 등이 담긴 예술작품은 이제 기술복

제를 통하여 대량생산함으로써 본연의 작품만이 지닐 수 있는 '아우라'를 잃어버렸다. 변화는 예술의 진품성에 연연하지 않게 되면서 우리의 예술작품 향유의 폭이 넓어졌다는 사실이다.

이렇게 볼 때 우리가 의도한 삶이든 의도치 않은 삶이든, 기술에 의해 지배되는 자연을 모사하는 일에 더욱 충실해질 수밖에 없는 실정이기도 하다. 이 중 영화는 대규모적이라는 것에 반하여 사진은 개별 단위의 예술 행위가 된다. 그러므로 디카시는 벤야민의 염려를 조금이나마 상쇄할 수 있는 새로운 예술 형식이라 해도 무방하다.

디카시 「잇다」의 사물의 실체는 대교이다. 저 다리를 건너는 사람이라면 누구나 볼 수 있는 이미지일 뿐 아니라, 누구나 찰칵 찍을 수 있는 피사체이다. 사진으로만 본다면 자연의 사물을 충실히 모사한 일회성 작품이 되지만, 시인 특유의 상상력이 혼합되면 작품의 해석은 달라진다. 대교가 아니라 거대한 하프 악기로 재탄생한다. 저 하프는 바다의 노래를 연주하는 것이며 여행객이었던 시인과 항구를 잇게 된다. "끝없이 다가와 사라지는 하프의 줄"이라는 묘사를 따라갈 때, 우리의 머릿속에는 대교의 이미지는 흔적도 없이 사리지고 바다의 음악을 듣는 상상에 빠진다. 시인만의 활달한 상상력이 만들어낸 아우라라 할 수 있다.

장용자의 상상력은 경쾌하고 활달하면서도 파격적이다. "원숭이 엉덩이는 빨개. 빨가면 사과. 사과는 맛있어" 식의 추상도 아니다. '원숭이 엉덩이는 빨개'에서 '기차'로 건너뛰는 형식이다. 붉은 사과에서 얼굴로 건너뛰어 '고백'이 되었다. 디지털카메라나 스마트폰의 내장 카메라인 전자 기술의 순기능을 디카시가 담당하는 셈이다.

빠져나 볼 걸

선홍빛 얼굴을 들켜
실눈으로 보낸 너는
내일로 갔다

―「노을에 부쳐」전문

'화자'와 '바다', '노을' 사이에 미적 거리가 있다. "빠져나 볼 걸"의 숨은 의미는 사진이 보여주는 공간감처럼 화자와 노을 지는 바다 혹은 어떤 대상과 일정 거리가 있음을 시사한다. 구체적 대상을 알 수는 없으나 그 대상에게 풍덩 빠지지 못한 아쉬움을 애써 다독이는 화자의 심상이 함축되어 있다. 그러니까 화자의 상상은 그 대상과 맞바라보고 있다. 이미 붉어진 노을(어떤 대상)에 매료되어 바라보다 화자의 얼굴도 선홍빛이 된 것을 감지하고 화들짝 부끄러움이 일지만, 눈을 돌릴 수는 없다. 보지 않는 척 실눈을 뜨고 '너'가 가는 것을 지켜보았다. 그러니까 눈 한번 마주치고 서로 얼굴 붉어져 줄행랑을 놓았다는 의미겠다. 연애의 정석이다. 연애의 하이라이트는 썸탄다(규범 표기는 미확정)는 그 시기이다.

시인은 밀당하듯이 원 마음을 숨기기 위해 "노을에 부"친 것이라며 거리를 조정한다. 장용자 시인 특유의 유머 감각이 드러나는 대목이다. 다행인 것은 '너'가 '어제'로 간 것이 아니라 '내일'로 갔다는 점이겠다. "빠져나볼 걸"이라는 화자의 심상은 언제든지 반복 가능하게 되었다. 시인에게는 만물이 연애의 대상이 되는 셈이다.

디카시를 쓰는 일은 이렇듯 자연의 만물과 대화하는 일이다. 현실에 찌든 사람들은 결코 볼 수 없다. 감각할 수 없다. 눈에 보이는 것을 욕망하고 욕망하는 것만을 보고 사는 현대인에게 물질과 연결되지 않는 사물들이란 발부리에 걸리는 돌멩이 같은 존재일 뿐이다.

식탁 위에 앉은 파리 한 마리에서도 언어를 읽게 되며, 대화하게 만드는 게 디카시이다. 디카시가 아니었더라면 발견하지 못했을 소소한 것들의 되살아남이다.

밤새 안개 바람 스치더니

초록으로 피는 아침

봄밤은 짧지 않았다

—「신화」전문

풀지 못한 코드19에 매달린 채

난타전이 아우성이다

서로의 하늘에 거미줄을 치고

쏘아올린 비행접시만 흐드러진다

—「2021 접속」전문

　　디카시의 발원지 경남 고성은 백악기 공룡의 흔적이 화석으로 남아 있는 곳이다. 시인들과 디카시마니아들은 상족암의 공룡 발자국 화석을 소재로 많은 디카시를 썼다. 디지털 전자 기술이 흔적만 남은 백악기를 디카시로 되살린 것이다. 이는 '매체와 언어'의 관계가 긴밀해졌으며 상호 보완적인 관계가 되었다는 의미이기도 하다.

　　디카시「신화」또한 이제 갓 움을 틔운 어린 싹 이미지만으로는 의미를 형성하지 못한다. 보여주는 것만 가능하다. 맥루한의 "매체는 메시지다"라는 말의 의미는 생

성되지만, 저 영상에서 읽을 수 있는 메시지는 극히 제한된다. '이제 싹을 틔우는구나' '추위 속에서도 싹을 틔운 저 생명이 경이롭다'라는 정도로 읽게 된다. 그러나 짧은 봄밤은 반어적 의미로 강조되지 못했을 것이며, 생명 창조신화는 탄생하지 않았을 것이다.

사유하는 방식에 있어 현재를 진단하는 일은 좀 더 쉬울 수 있다. 경험은 사유의 배경이 되므로 현재의 어떤 일을 현상이나마 감지할 수 있기 때문이다. 경험하지 못한 과거나 도래하지 않은 미래를 선험에 의지한다는 것 자체가 불완전할 수밖에 없다.

2020년에 이어 2021년 11월이 다가도록 코로나19 전염증은 확산하고 있다. 국내는 물론 세계가 아수라 같은 고통 속에서 헤어나질 못하는 중이다. 이러한 코비드19의 장기화는 시인에게 시적 모티프가 되었다. 「2021 접속」이 원활하지 못한 것처럼 우리가 직시한 현실 또한 불안하다.

전선과 접시꽃은 취의로 난타전과 비행접시는 매개어가 되었다. 원관념과 보조관념의 비유인 셈이다. 접시꽃 취의와 비행접시라는 매개어 사이의 상이성이 크다. 당연히 긴장의 밀도는 짙어지고 비유의 묘미가 극대화되었다. 코비드19 팬데믹 상태를 풀지 못한 코드19로, 사회적 거리두기를 하늘에 거미줄 치는 것으로 대비한 것도 긴장의 밀도가 짙다.

디카詩 시인선 002
오늘이 기록 중입니다

지은이_ 장용자
펴낸이_ 조현석
펴낸곳_ 북인
디자인_ 푸른영토

1판 1쇄_ 2021년 12월 15일
출판등록번호_ 313 - 2004 - 000111
주소_ 121 - 842 서울 마포구 서교동 467 - 4, 301호
전화_ 02 - 323 - 7767
팩스_ 02 - 323 - 7845

ISBN 979-11-6512-042-9   03810
ⓒ 장용자, 2021

이 사업은 대전광역시, (재)대전문화재단에서 사업비 일부를 지원 받았습니다.

대전광역시 DAEJEON METROPOLITAN CITY   대전문화재단 The Daejeon Foundation for Culture and the Arts